U0102261

紅射朝暉舒不盈乎一掬散則彌乎太虛

亂峯空翠晴還濕山市嵐昏近覺遙正值微寒堪
索醉酒旗從此不須招

遠浦歸帆序

晴嵐漾波落霞照水有葉其舟捷如飛羽幸濟
洪濤將以寧處家人候門覩笑容與

漢江游女石榴裙一道菱歌兩岸聞估客歸帆休
悵望閨中紅粉正思君

煙寺晚鐘序

暝入松門陰生蓮宇枝錫之僧將歸林莽蒲牢
一聲猿驚鶴舉幽谷雲藏東山月吐

絕頂高僧未易逢禪床長被白雲封殘鐘已罷寥
天遠枝錫時過紫蓋峯

漁村夕照序

翼翼其廬瀕崖以居泛泛其艇依荷與蒲有魚
可鱠有酒可需收綸卷網其樂何如西山之暉
在我桑榆

曬網柴門返照新桃花流水認前津買魚沽酒湘

江去遠吊懷沙作賦人

洞庭秋月 序

君山南來浩浩滄溟飄風之不起胥湣之不生
夜氣既清清露斯零素娥浴水光盪金精倒霓
裳之清影來廣樂之天聲纖雲不起上下虛明
李白曾移月下仙棹波秋醉洞庭船我來要欲騎
黃鶴前同高樓一醉眠

平沙落雁 序

霜清木落蘆葦蒼蒼旱鳥肅肅有列其行或飲

或啄或鳴或翔匪上林之不美懼矰繳之是將
雲飛水宿聊以隨陽
陣斷衡陽借此迴沙明水碧岸莓苔相呼正喜無
矰繳又被孤城畫角催

江天暮雪 序

歲晏江空風嚴水結馮夷剪冰亂飄洒雪浩歌
者誰一蓑載月獨釣寒潭以其清絕
簑笠無踪失釣船形雲點淡混江天湘妃獨對君
山老鏡裏修眉已悄然

余賦得李營丘兩瀟湘八景圖拜石餘閒逐景撰述主人以當臥遊對客即如攜帨元豐三年夏四月襄陽米芾書

遠浦歸帆

元揭奚斯

冥冥何處來小樓江上開長恨風帆色日日誤郎回

烟寺晚鐘

朝送山僧去暮與山僧歸相與復相送山露溼人衣

漁村夕照

定從海底出且向平沙照魚網未曾收漁翁還下釣

洞庭秋月

灝氣白澄穆碧波還蕩漾應有凌風人吹笛君山上

江天暮雪

孤舟三日住不見有人家紛紛竹籬處却恐是梅花

瀟湘夜雨

涔涔湘江樹荒荒楚天路隱槳渡頭船莫教流下
去

平沙落雁

天寒關塞遠水落沙渚闊已逐夕陽低還向黃蘆
沒

山市晴嵐

近樹參差見行人取次多板橋雙路口此去幾迴
過

漁村夕照　元陳孚

雨來湘山昏雨過湘水蒲夕陽一縷紅醉眠草茵
暖漁罾班石上腥風吹不斷野鳧浮更沉沙燈荻
芽短

煙寺晚鐘

山深不見寺藤陰鎖修竹忽聞疎鐘聲白雲滿空
谷老僧汲水歸林雲壓衣綠鐘殘寺門掩山鳥自
爭宿

山市晴嵐　元文璧

維舟魚龍鼓舞飛煙霧但見長空風雨來勢與雲夢相周迴三湘淼瀰瀉銀竹七澤洶湧翻春雷長江横絶巴陵北一水悠悠漾空碧洪濤巨漲頃刻中虹橋隱隱無人跡前溪遙見野人家槿籬茅屋半欹斜高樓誰得江湖趣坐聽瀟湘對燭花隔浦鐘聲來遠寺曉色蒼凉喜開霽青天萬里白雲收滿目湘江翠欲流

洞庭秋月

洞庭秋水清徹底岳陽城頭月初起巴山落影半

湖陰金波倒浸芙蓉翠須臾素景當瑤空寒光下燭蟾蜍宮雲夢微茫冰鑑裏沉湘浩蕩玉壺中霜華初飛風浪息萬籟無聲夜方寂彷彿湘靈汗漫遊虹橋亘跨天南北但見鷗汀與鷺洲折葦寒蒲帶淺流縞衣綸巾湘中老高歌取醉岳陽樓回看月下西山去湖水悠悠自東注洞庭咫尺西南陬赤岸銀河萬里秋

山市晴嵐

茅屋幾家山下住長橋遙接山前路湖天雨過曉

邑開滿市晴嵐帶烟樹遠山近山杳靄間前村後村相瀰漫浮藍積翠久不散懸崖滴露杪稍寒湘市老人頭半白琴僕從容隨杖屨林下青帘賣酒家山殽野蔌漁樵客洞庭春來湖水生君山對處花冥冥波光澄涵横素練樹色掩映開銀屏撫景徘徊看未足颯颯天風蕭林麓何人獨倚岳陽樓長笛數聲山水綠

平沙落雁

秋江水落波浪淺平沙渺渺連天遠白蘋黃蓼蕭

瀟湘枯葦寒蘆迷漢沔鴻雁恒憐澤國秋數聲忽報楚天秋萬里避寒違朔漠幾行帶雪下汀洲雲水微茫少矰繳歲歲南來懽有託霜田豈乏稻粱謀江村自得棲遲樂黃鶴樓前鐵笛鳴時驚嘹唳兩三聲湖通巴蜀寒烟淨天接荆衡暮景澄嗟爾迢迢自荒服慕戀中華生討足行當懋德覆羣生盡使洪纖皆發育

遠浦歸帆

斜陽欲掛晴川樹丹霞遠映瀟湘浦洞庭湖上接

壑陰崦林靄靄疎鐘起瀟湘無風波浪停怳如水
底鷗長穌山僧策杖歸來晚逢聽穿雲百八聲緩
急因風如斷續遠徹山阿並水曲已隨暮角響江
城更送樵歌出林麓乘橋二客心悠然偶立遥看
瀑布泉高山流水有淡意咫尺不聞音韻傳乾坤
無塵萬籟靜翛然空谷聲相應高秋正遇曉霜清
分明若向豐山聽

江天暮雪

大江東去天連水薄暮蕭蕭朔風起須臾吹卻凍

雲同六花亂撒滄浪裏橋南橋北樹槎牙隔浦紛
紛集曉鴉馬嘶百折蟠雲路犬吠孤村賣酒家俯
仰山川同一色眼前不辨浪花白菸菸七澤與三
湘分明皓彩遙相射漁翁獨酌寒江濱頃刻瓊瑤
飛滿身得魚醉唱湖南曲欸乃一聲天地春有時
倚棹弄長笛洞庭景物清無斂中流迢遞望君山
但見遙空聳銀璧

瀟湘夜雨　明　薛瑄

兩岸叢篁溼一夕波浪生孤燈篷底宿江雨篷背

鳴南來北往客同聽不同情

遠浦歸帆

翩翩投極浦漠漠背殘照水棡歌竹枝清風極幽調歸舟漸覺稀錯莫尚凝眺

煙寺晚鐘

夕照下山阿清音出烟霧暝色一僧還倒竹尋歸路月上楚天寬霜落洞庭奇

洞庭秋月

西風淨晚烟天水遠相接憂樓玉宇淡闊爛涵雙

巨夜久風露涼一曲瀟湘靈瑟

瀟湘夜雨　明 夏原吉

二女南來正斷魂那堪風雨又黃昏瀟瀟無限思君淚都作江邊竹上痕

瀟湘夜雨　明 沈明臣

九疑山色望來空客夢家山夜雨中無奈鷓鴣啼到曉黃陵廟口落花風

洞庭秋月

水落天青萬里波洞庭秋色月明多不知何路長

雁

山市晴嵐

峰晴堆夜嵐晨炊翠猶溼但聞山鳥鳴不見鳥出入

平沙落雁

西風萬里雁一葉洞庭秋羣落金沙軟瀟湘霜氣流

江天暮雪

長江滾浪雪烟黑花爭飛可惟橫流者孤舟一笠

歸

瀟湘夜雨　明　顧開雍

秋夜難爲客千山雨到牀暗鳴楓落潤溼徧枕侵曉帶鶴聲猶舊支頹淚更長湘絃何太急蕭瑟滿他鄉

漁村夕照

撥棹烟波外收綸巾落暉蓼花迎槳入黃葉補衣歸汎酒漁燈亂燒鮮野火飛夢魂無一事風雨付前磯

煙寺晚鐘

萬壑何年寺黃昏鐘到時天寒流水遠風定出山
遲逸鹿驚新棲歸僧記故枝勞勞塵動息向晚始
應知

遠浦歸帆

滄浪遠新浦還舟夜夜看天涯流落易秋暮日歸
難鄉語兒童舊顏毛歲月殘風波吳楚濶無恙到
江干

洞庭秋月

萬頃蒼茫夜高秋月倍明魚龍分浪白烏鵲渡河
清倒鏡窺湘影懸樓掛岳城古今南北意漁父一
陶情

平沙落雁

候雁將南度嗈嗈下楚湘沙洲秋命侶雲外夜相
望世路多矰弋安棲豈稻粱明朝迴整羽關塞出
翱翔

山市晴嵐

大麓空霄霽山腰半吐嵐晚林清淺白碧嶂界拖

藍捲雲工無杼裁雲手未諳鏡中圖画出城郭總優曇

江天暮雪

歲暮江雲接遠空雪正飄花搖山改色寒迷桁分綠空戶此芽敵登樓爐火消酒闌詩句欲還道賦漁樵

洞庭秋月　明　黎　擴

湖上清秋雨扁舟泛碧波紫簫吹不斷無奈月明何

洞庭秋月　明　唐　寅

洞庭湖上岳陽樓檻外波光接素秋數點征帆天際落不知誰是五湖舟

瀟湘夜雨

魚龍出没吼江濤墨染雲烟不斷飄喬口橘洲何處是瀟江蘆荻夜蕭蕭

漁村夕照

鷗鳴啼斷雨初晴渡口風來水氣腥溪花村南齊曬網釣船閒在夕陽汀

山市晴嵐

一帶晴嵐入画來山雲寂靜水光開千門盡掩逕
塵隔莫把長安古道猜

洞庭秋月　明　張經

秋宇淨無雲孀娥展孤鏡灝氣浸澄波蕩漾光還
定

漁村夕照

日落大江頭返照江村裏獨有羨魚翁垂綸收不
起

瀟湘夜雨　明　吳道行

漏落重門寂碧浸千山影何處空濛聲淅淅敲人
醒

洞庭秋月

清光紆素練濯濯簟紋柔朗吟誰是者共醉洞庭
秋

山市晴嵐　陶汝鼐

湖煙不受日山霽欲延暉遙見鶯啼處營營向翠
微

蕭湘夜雨

非無江上雨潭水自清哀爲有湘靈瑟烟宵的的來

國朝

瀟湘夜雨　　張璹

蒼茫雲氣暝湘流叢竹蕭疎鎖暮愁積翠晴瀰驚鳥動空青疑傍亂煙浮蘭皐香濕珠垂夢錦瑟聲寒玉叫秋最是難聽多病客江湖雖遠意悠悠

洞庭秋月

虛碧平臨湛景中露華微動水晶宫珠明星絡流金蚌練淨樓船駕玉虹青鏡自流湘女照白雲不係楚臺空亭皐落葉魚龍臥欲採芙蓉待曉風

平沙落雁

寒洲草下意何如為愛江聲傍水居啼盡秋風心事遠啄殘菰米稻粱餘瑤琴每欲窺雲陣錦字無由蝕蠹魚極目關河千萬里衡陽應不帶人書

遠浦歸帆

牙檣遙倚蔚藍天帆影參差拔麓煙片片雲隨沙鳥疾迢迢風捲渚華偏岸移芳樹啼猿路魚避洞流下瀨船應有紅粧樓上望江潭羈客幾人還

漁村夕照

陰綠莎磯繫釣艖江頭江外夕陽斜柴門炊黍烟光薄曲岸棲鳥樹影加烽靜戍樓迸畫角燈青砧杵帶流霞從今莫問桃源路但聽漁歌傍酒家

煙寺晚鐘

何來清響度高峰知隔滄江第幾重未向孤舟探石穴若臨漲海聽鯨龍月流金碧餘霞散露下樓臺積靄封更覺禪關僧定後壽生萬壑上青松

江天暮雪

瑤華西望晚凌凌蕭瑟江聲凍欲凝鷗鳥棲疑違

故渚蘆花漁不放青燈三湘組練寒光瀉七澤雲環剪氣崩安得尋梅衡嶽頂素香深處踏層冰

山市晴嵐

環郵曙色弄清暉平楚天空眾鳥飛春上酒帘杭黍熟腥輕魚簟鱖鱸肥衡門樹密收青靄曲巷花明映翠微莫道湖南卑濕地時逢好景欲忘歸

瀟湘八景有序　陶汝鼐

瀟湘八景者潭勝也水經云巴陵郡南摩湘浦又云湘水至巴丘入于江水色清異

稱瀟湘云古有八景臺海內咸稱之轉相効擬亦若甲天下然獨稱瀟湘者以二水合注于潭與洞庭接羅子而下三百里皆古長沙地江湖吞吐氣象殊絶故八景獨著沿潭水也前人詩歌傳者不少如近代李崆峒詩王威寧詞並膾炙人口而非生長其地琉璃合眼尚隔一塵予厭此熟題亦不復作偶於雪夜擁爐小孫從師授威寧句記憶有闕輒相問訊予亦多忘之因

爲絶句示其意亦如柳州作朱陵以上記老杜作三峽以上詩但數家珍較爲親切耳不然無故弄此筆墨近于戲矣仲春日記

山市晴嵐

墟烟旭彩氣相涵天近岣嶁最蔚藍海市何須到樓閣古來清絶在湖南

瀟湘夜雨

鼓殘靈瑟暗江濆帝子仙衣濕似塵不是此天徧

剗卻夜來群玉為鋪平

瀟湘夜雨　　江有溶

界灤余鄉舊時生值陸沉湘妃陵欲墈賈誼宅常陰霪國年年漏陽臺夜夜心朝雲何處去總向雨中尋

洞庭秋月

漢夜忽懷曠空明影靜生浪翻千頃白舟歷萬山晴何止遊壺嶠還疑淨甲兵遠來歌欸乃絕不似鐃鉦

遠浦歸帆

江帆日日過指點是歸人昨夜燈花劇連朝口信頻羽飛憂客後風利畏烟津抵岸鄉心慰遙看或未真

平沙落雁

何地非棲向幽清愛古渾峯迴正嬾息野宿故能諳飲啄無投虞豈羅莫苦號所驚軍借壘笳吹復難堪

漁村夕照

劉郤夜來新王德鈞平

瀟湘夜雨　　江有浴

更湘余鄉舊時生值遷沅湘汜陵欲攜賈誼弔客

隔窗聞年年滿階苔夜夜心朝雲何處去戀向雨

中呂

洞庭秋月

溪夜怨懷瀟空明影靜生涼瀾千頃白舟遲萬山

清何止遊臺鶴臺疑箏甲兵遠來戲叛乃能不似

鐵鈕

遠浦歸帆

江帆日日過指點是歸人昨夜燈花剔連朝口信

遠羽雁憂客旅風利畏煙津眠岸鄉心總蓬看成

未眞

平沙落雁

何地非樓向幽清愛古渾琴適正頭息野宿成能

諧飲啄無投虜置羅莫苦說河鷹軍借壁寄攻度

雙調

漁村夕照

比舟高曬網跡此夕陽延炊熟蘆花渚欸橫橋柵
天縱傳檣櫓響不滅笠簑烟爛醉漁翁樂微聞喚
渡船

山市晴嵐

麓湘開霽氣人在画圖間毛髮山身吐蹄登我意
頑濃如凝曉黛爽欲滴秋顏白書青嶙遍嵐光不
可刪

煙寺晚鐘

寺已經兵革僧猶守鉢雲寂宜微杵下夢醒隔洲

分送市爭餘熱休心在薄曛城門斜半閉只待暮
鐘聞

江天暮雪

風景正蕭瀟山川忽改觀踏歌偏耐苦索醉不知
寒一葉波中泛千村鏡裡看向前尋遠眺慎勿邀
銑冠

八景詩集句　　江有洛

瀟湘夜雨

水國春寒陰後晴夜添山雨作江聲雲連海氣圖

青潤送盡東風過楚城

山市晴嵐

地逕莎青雨後天更逢晴日傍含烟春風無限瀟湘意水上桃花紅欲然

漁村夕照

汀洲雲樹共森森片片紅霞映夕陽一尺鱸魚新釣得數聲漁笛在滄浪

煙寺晚鐘

夕陽常送釣船歸卻聽鐘聲連翠微月照上方諸

品靜洞門高閣靄餘輝

洞庭秋月

南湖秋淨夜無烟綠蒲山原自蕭川此外俗塵都不染月光如水水連天

遠浦歸帆

春來江上幾人還嫩蘆濃花蒲日斑喬口橋洲風浪促輕舟已過萬重山

平沙落雁

鴻雁新從北地來起行殘月影徘徊樓臺晚映青

山郭水碧沙明兩岸苔

江天暮雪

平沙歷亂捲蓬根路上行人欲斷魂日暮長風更
回首歸雲擁樹失山村

洞庭秋月　　　何之杰

纖阿散彩五湖秋蕭瑟君山一點浮木落千峯初
湧月雲開歸雁獨登樓蓼風碎璧捉汀渚桂魄生
寒繫客舟非夜霜娥幾消怨武陵溪下不勝愁

平沙落雁

天清暮色滿山椒日落江皋雁陣遥嘹嚦數聲秋
月冷淒其孤影曉星抵啣蘆避弋傍南楚候霜來
賓響北朔漠二平沙寒歷盡春歸何事忽飄飄

遠浦歸帆

湘江極目總歸航風引輕帆帶長面二翠微斑
落日遲二紫氣極扶桑非關估客天涯遠不斷行
人雲夢傍多少利名難滿載春花秋月任蒼茫

江天暮雪

同雲釀雪遍江隈昏暮飛花漫剪裁沙際漸成堆

山市晴嵐

山市千家隱嵐烟一帶横簾開春乍曉幔捲雨初晴似隔仙凡界猶聞鷄犬聲桃源如可到彷彿覩秦氓

遠浦歸帆

天外孤霞落征帆遠浦歸人看鄉樹杳心逐片雲飛夢去溯山澗傳來音信稀短檣衝岸草猶帶夕陽暉

平沙落雁

北去關山遠南來秋草長宿殘潭渚月叫破楚天霜有意妨矰繳無心討稻粱安閒鋪錦字寥落自成行

江天暮雪

雪侭江岸積寒逐暮雲流暝色迷芳渚孤烟散遠洲征帆和凍捲野釣帶冰收誰念繩樞子艱難擁敝裘

瀟湘夜雨

丁灝

淅瀝打篷聰春潮一何亟新水長船頭可省推移力

麓山寺碑記

唐 李邕

夫天地之道也東仁而首西義而成故清泰所居指於成事者巳地之德也川浮而動麓鎮而安故者閤所臨取于安定者巳玆寺大抵㢠肯芝同是以回向度門纏于郭右仰止淨域刻乎岩巔寶堂发業于太虛道樹森稍于層渚無風而林螢蕭穆不月而相事澄明化域未真梵天猶俗名稱殆絕地位嘗高者不其盛歟麓山寺者晉大始四年之

所立也有若法崇禪師者振錫江左除結㵎陰營與炎漢太宗長沙清廟棟宇接近雲務晌寘赤豹文狸女蘿薜帶山祗見於法眼賓后依于佛光至請舊居特爲新寺禪師泊翌日弘聚謀介衆表之明詔行矣水臯有制丘墟盡乎大康二載有若法導禪師莫知何許人也默受智印深入證源不壞外緣而見心本無作眞性而注福河大起前功重啟靈應神僧銀色化身丈餘指定全模標建方面法物增備壇供益崇廣以淩雲之臺疏以布金之

地有若法慈禪師者江夏人也空慧雙銓寂用同
轡慈日相觀淨心相續綜覈萬法安任一歸証大
道經究上乘理永託茲嶺克終厥生逮宋元徽中
尚書令湘州刺史王公諱僧虔右軍之孫也信尚
敬田作爲塔廟追存實相加名寶山翊乎子冶筆
精陶鑄意匠雅書藏石紱妙侯府侯法宇之傾低
期珍價以興葺遠慮將久遺事未彰梁天監三年
刺史夏侯公諱詳了義重玄剔搆正殿紹太二年
刺史王公諱琳律法師賢或在家出家或聞見眼

見建涅槃像開甘露門長沙內史蕭沉振起法鼓
弘演梵言繼捷提于景鍾納貝葉于層閣陳司空
吳明徹脩侍中鎮南晉安王樂陽王竝佛性森然
國礎秀著兆廻廊以雲構蔚懸居以天覆開呈九
年天台大禪師守護法身澄清悲海嚴幢標智
火軸明襲如來堂坐法華定四行樂而不取三賢
登而更延有若曇捷法師者伐林及樹染法與衣
不墜一滴之灿有沾六根之雨總管大將軍齊郡
公權公諱武福德莊嚴喜慧方便疏寫四部鎮重

百域有若智謙法師者顧廣于天心細于氣誦習山頂創立花臺有若摩阿衍禪師者五方圓常四無清淨以因因而入果果以蜮蜮而會如如有若首楞法師者文史早通道釋後得遠步吳會幽尋天臺法界圖于剡中眞訣論于湘上具究竟戒數解說筵一法聞無量之門一音警無邊之衆方等有以復悔雙林有以追遠並建場所互爲住持維惠鏡禪師者迹其武兆其高起乎雲門絕彼塵網淺以爲性有習道有因止於心返於照習也者坐

乎樹居乎山因也者顧習而無因則不在因而無習則不證是浮漚和正覺阿若冥搜想息而精進甲堅受除而煩惱殼散百川到海同味于鹹千葉在蓮比色于淨起定不離于乎等發惠但及于慈悲故能聞者順其風觀者拔其道牧伯萃止皇華涔臻啟焚香之上緣託成佛之嘉願上座惠泉寺主惠宣都維那典哲等皆靜慮演成妙輪轉久因差別而非法隨品類而得根去二見而入流率一心而辨事咸以形勝之會如彼修行之迹如此而

環照牛車結轍連率順風驅驪欽烈訪道追勝
形馳日絶其四

碑板莫建軌物未弘和合是請佐貳是膺政敷
大郡信發廣乘顧言有述以訪無能惟石可久
與山不崩其五

建岳麓書院記

陳傅良

自唐季至於五代用兵而教事闕聖人作四方次第平以俎豆勝干戈而天下靡然日趨于文蓋宋受命四年遂平荆湖又十有一年尚書朱洞來守長沙作書院岳麓山下在國史北行事不甚較著足以考見上意所鄉爲吏者皆承休德知所先後如此豈不盛哉而其風動抑何速也五六十載之閒教化大洽學者皆振振雅訓行誼修好庶幾于古當是時州縣猶未立學所謂十九教授未有顯者而四書院之名獨聞天下上方崇長襃異之者甚至則其成就之效博矣熙寧初行三舍之法頗欲進士盡由學校而鄉舉益重教官之選舉子家狀必自言嘗受業某州教授使不得人自爲說崇寧以後舍法加密雖里閭句讀童子之師不關白州學者皆有禁詔令誠甚美然由是文且勝而利祿之念多老師宿儒盡向之書院不知起何時以予所聞漢初郡國往往有夫子廟而無教官且不置博士弟子員其學士嘗課試供養與否闕不見

傳記然諸儒以明經教于鄉率從之者數千百人輾以名其家齊魯燕趙之間詩書禮易春秋講論家各甚盛則今書院近之矣縣官時時遣守相勞問致饋爲禮其間生皆世守師說吏相傳受不易業蓋至武帝時郡國始稍稍有學校官田觀漢晩出視其初儒者術業工拙優劣可知也已方大中祥符間天子使使召見山長周氏式拜國子主簿詔許請諸王宮式固謝不應詔卒還山肆業賴如初至賜對衣鞍馬內府書而宋有戚氏吳有胡氏

魯有孫氏石氏各以道德爲人師不苟合于世著名予以是益歎國初士風之厚本之師道尊而書院爲不可廢乾道元年故帥樞密劉公珙克復開寶之舊已浸廢墜今直徽猷閣潘公疇亟踐修之某得官桂陽于長沙爲屬邑始詣大府請事時公至鎮適數月矣與凡郡守要束咸以寬簡闊略受然民吏意得會無凡日可以再三于有司者因得陪別駕後至書院謁諸先生祠下遂會修事且輯諸生移然而志事排徊欒之不忍去也既去州教

授兼山長顧朼堂長吳獵以訖役屬爲之記某官獲誦侍講張先生所爲記及于治心修身之要洞湘之後亦既知所指歸近歲以其論述由太學禮部奏名及對大庭連爲天下第一他未試可畧睹矣雖欲有言無以出講聞之外者而公于今卿大夫爲先進年益高聞望益尊重人人能道之又何待余言者故但次書院所從廢興之故爰係以歲月而強付名焉是歲淳熙十有五年

長沙府嶽麓志卷之七

郡丞山陰趙　寧纂修

詩

瀟湘八景圖詩總序　米芾

瀟水出道州湘水出全州至永州而合流焉自湖而南皆二水所經至湘陰始與沅之水會又至洞庭與巴江之水合故湖之南皆可以瀟湘名水若湖之北則漢沔蕩蕩不得謂之瀟湘瀟湘之景可得聞乎洞庭南來浩淼沉碧叠嶂層岩綿衍千里際以天宇之虛碧襍以烟霞之吞吐風帆沙鳥出没往來水竹雲林映帶左右朝昏之氣不同四時

之候不一此則瀟湘之大觀也若夫八景之極致則具列于左各系以序

瀟湘夜雨　序

苦竹叢翳鷓鴣哀鳴江雲黯黯江水冥冥翻河倒海若注若傾舞泣珠之淵客悲鼓瑟之湘靈

大王長嘯起雄風又逐行雲入夢中想像瑤臺環佩濕令人腸斷楚江東

山市晴嵐　序

依山為郭列肆為居魚蝦之會菱芡之都來者于于往者徐徐林端縹緲巒表縈紆翠含山色

野橋傍市官柳疎旗亭酒香笑客沽雞飛出村犬
吠棚舍南舍北相迎呼山人相呼趁朝日山邑蕭
空晴欲滴日高人散市聲稀長林靄靄虛烟白

漁村夕照　元 程鉅夫

釣艇收晚罾歸鴉集疎柳天風吹宿伴明滅映江
口

煙寺晚鐘

僧定鐘聲緩依稀聽不真渡頭風正急喚醒未歸
人

平沙落雁

翩翩數行下灘磧俯蒼波此處稻粱好人間矰繳
多

八景臺　元 歐陽元

山幾層兮水幾重晴嵐夕照有歸鴻瀟湘八景丹
青而盡在高臺指顧中

明宣宗瀟湘八景圖詩

瀟湘夜雨

濃雲如墨黯江樹九嶷山迷天色暮蒼松巖下客

沙去只唱三洲估客歌

漁村夕照

不知誰唱白銅鞮楊柳村通郎大堤欸乃一聲風斷續打魚人背夕陽西

瀟湘夜雨　　明　李夢陽

夜響起秋竹浩浩楚雲白曉來看沙觜新水添一尺

洞庭秋月

天水本白空圓月沉秋映晶晶起霜色千里一懸

鏡

漁村夕照

夕陽下洞庭網集清潭上一丈黃金鱗可見不可網

山市曉鐘

美人杳何處盈盈隔秋水遙遙雲外鐘日落暮山紫

遠浦歸帆

秋風五兩席點點聚復散不信小小鳥飛飛速征

洞庭秋月

露白金波淨空青玉鏡行君山最縹緲看做片雲生

漁村夕照

晞網落日下繫船楊柳中橘洲芳草色翻入夕陽紅

遠浦歸帆

横浦一林烟過湖萬里船楚人重情思極目此江天

煙寺晚鐘

度水聲猶濕杳然靈麓峰江心自樓閣不隔莫雲鐘

平沙落雁

寫盡碧天意廻翔湘岸花可憐鴻雪爪亦爲點懷沙

江天暮雪

蘭草寒猶綠雲峰夕更蒼絶憐天戲玉一夜隱瀟湘

夜雨曉來誰爲染湘筠

烟寺晚鐘

響隨晴雨落隨風兩岸霜鐘聽不同最是夕陽雲
外寺度江聲在白雲中

洞庭秋月

風淨湖雲露淨波楚天連漢復連河岳陽無限烟
霜月不及秋蟾氣象多

遠浦歸帆

湘妃祠下白雲磯極目江空入翠微三十六灣帆

轉盡北風飛送幾船歸

漁村夕照

一村蓑笠護漁梁萬井樓臺背夕陽落日過江相
對影不須漁火辨滄浪

平沙落雁

沙嶼清寒少荻蘆雲田澗處近南湖分明雁宕天
邊影畫入長沙落照圖

江天暮雪

空江香雪畫難成莫靄瑤光並作明誰道君山須

壁相山頭誰刻珮環來太康鶴訝寧三楚黃竹宸
衷動九垓舊日山川何處是來軌玄圃賦多才

煙寺晚鐘　釋續燈

煙寺鐘聲起悠悠送夕陽入林歸宿鳥泊岸落帆
檣流響驚塵夢餘音繞石牀須臾山谷靜獨立望
蒼茫

瀟湘夜雨

暮雲低野岸夜雨打山扉譙鼓聲初動漁燈影漸
微楓林愁賈客蘭渚泣湘妃坐聽窻蕉久更深擁

衲衣

洞庭秋月

蟾光秋正滿湖氣夜來清風動波千頃霜高雁一
聲扣舷歌窈窕擊汰泝空明忽憶乘槎客迢遙望
玉京

漁村夕照

漁村時出沒落照自沉浮烟隔蘆花裊茅低野岸
浮江添春水闊網帶夕陽收誰識風波險垂楊且
繫舟

封碑孝勤盛業不書安可默而已哉將何以發揮
頌聲披揚宿志者也司馬西河竇公名彥澄碩德
高闢紹賢遠識耑守嶽厚檢操冰清勵以節長閎
官攝行隨手以家而刑于孝友以已而廣於詩書
以垂而雅俗自興以明而至道不若且猶歸心淨
土蒞範佛乘摧僑慢之外幢興開示之真諦爰謀
輦吏乃命下僚顧蚊山之易疲嘆龍宮之難紀
其詞曰
天地有象聖賢建極晏坐中崖成道西域後代

襲武前良作則安樂是依靈鷲是式一想冥契
三歸願塞　其一
金方罷廟衡嶽開場辨錫龍象人天護香鬼神
賜土靈化度堂重鎮牧伯上遊侯王光耶法侶
大啟神房　其二
幽谷左谿崇山右峙瞰郭萬家帶江千里玉水
布飛石林云起雷激庭際月窺窻裡花臺隨足
天樂盈耳　其三
人與地靈心將法滅既往在此比明齊哲佛日

嶽麓書院記

宋 張栻

湘西故有藏室背陵而面壑木茂而泉潔爲士子肄業之地始開寶中郡守朱洞首度基創置以待四方學者歷四十有一載居益加葺生益加多李允則來爲州請於朝乞以書藏方是時山長周式以行義著祥符八年召見便殿拜國子學主簿使歸教授詔以嶽麓書院名增賜中秘書於是書院之稱始聞天下鼓笥登堂者相繼不絕自紹興辛亥更兵革灰燼什一僅存間有留意則不過襲陋

仍弊而又重以撤廢𤔡爲荒榛過者嘆息乾道改元建安劉侯下車既剔蠹夷姦民俗安靜則葺學校訪儒雅思有以振起湘人士合辭以書院請侯竦然曰是故章聖皇帝加惠一方來勸勵長養以風天下者亦可廢乎乃命郡教授婺源郭頴董其事鳩廢材用餘力未卒歲而屋成爲屋五十楹大抵悉還舊規肖闕里先聖像於殿中列繪七十子而加藏書於堂之北既成栻促多士往觀焉爲愛其山川之勝棟宇之安徘徊不忍去以爲會友講

習誠莫此地宜也已而與多士言曰侯之爲是舉也豈特使子羣居佚談但爲決科利祿計乎亦豈使子習爲言語文辭之工而已乎蓋欲成就人才以傳道而濟斯民也惟民之生厥有常性而不能以自達故有賴聖賢者出三代導人教學爲本人倫明小民親而王道成夫子在當時雖不得施用而兼愛萬世寔開無窮之傳果何與曰仁也仁人心也率性立命位天地而宰萬物者也今夫目視而耳聽手持而足行以至於飲食起居言動之際

謂道而有外夫是烏可乎雖然天理人欲同行異情毫厘之差霄壤之謬此所以求仁之難必貴於學以明之與善乎孟氏之發仁深切也齊宣王見一牛之觳觫而不忍則教之曰是心足以王矣古之人所以大過人者善推其所爲而已矣論堯舜之道本於孝弟則欲其體夫徐行疾行之間指乍見孺子匍匐將入井之時則曰惻隱之心仁之端也於此焉求之則不差矣嘗試察吾事親從兄應物處事是端也其或發見亦知其所以然乎苟能

習誠莫此迪宜也已而與多士言曰俟之為學
迪豈特使于發策候談征為夫科利祿計乎亦豈
使于習為言語文辭之工而已乎蓋欲成就人才
以傳道而濟斯民也惟民之生厥有常性而不能
以目達故有顛聖賢者出三代尊人教學為本人
倫明小民覩而王道成夫子在當時雖不得施用
而兼愛萬世定開無窮之傳果何與曰仁也仁人
心也率性立命位天地而宰萬物者也今夫目視
而耳聽手持而足行以至於飲食起居言動之際

謂道而有外夫是烏可乎雖然天理人欲同行異
情毫釐之差霄壤之謬此所以求仁之難必貴於
學以明之與善乎孟氏之發仁義切也齊宣王見
一牛之觳觫而不忍則教之曰是心足以王矣古
之人所以大過人者善推其所為而已矣論堯舜
之道本於孝弟則欲其體夫徐行疾行之間指乎
見孺子匍匐將入井之時則曰惻隱之心仁之端
也於此焉求之則不差矣嘗試察吾事親從兄應
物處事是端也其或發見亦知其所以然乎苟能

默識而存之擴充而達之生生之妙油然於中則仁之大體豈不可得乎及其至也與天地合德鬼神同用悠久無窮而其初則不遠也是乃聖賢所傳之要從事於茲終身而後已可也雖若閒居屏處庸何損於我得時行道事業滿天下而亦何加於我豈特爲不負侯作新斯宇之意哉既侯屬扺爲記遂書斯言以厲同志俾毋忘侯之德抑又以自勵云爾

賢識而作之瀕文而言之生生之妙湛然於中則
仁之大體豈不可得乎及其至也與天地合德矣
神同用絛人無窮而其初則不遠也是乃聖賢所
傳之要從事於技終身而後已可也雖若閒居屏
處庸何敢孜孜得時行道事業滿天下而亦何加
於我豈猶爲不行侯作新所守之意誠候屬民
焉述書所言以爲同志傳毋忽侯之德耶又以
自勵云爾

建嶽麓書院記

元 吳澄

天下四大書院二在北二在南在北者嵩陽睢陽也在南者岳麓白鹿也其初聚徒受業不仰給于公養然嵩陽睢陽白鹿洞皆民間所為惟嶽麓乃宋開寶之季潭守朱洞所建其議倡自彭城劉鰲而潭守成之也時則陸川王簿孫邁為之記紹興燬于兵乾道之初郡守建安劉珙重建時則有廣漢張子敬夫為之記德祐再燬于兵大元至元二十三年學正郡人劉必大重建時則奉訓大夫朱渤為之記逮延佑甲寅垂三十年矣巢陵劉安仁來為郡別駕董儒學事覩其弊圮慨然整治木之朽者易壁之漫者圬上瓦下甓更撤而新前禮殿旁四齋左諸賢祠右百泉軒後講堂堂之後閣曰尊經閣之後亭曰極高明悉如其舊門廡庖館宮牆四周庳不修完善化主簿潘必大敦其役朱某張某相繼為長其始末請紀歲月余謂書院之肇創重興與夫今之增飾前後有四劉氏道同志合豈苟然者哉開寶之肇創也蓋惟五代亂離之餘學

建嶽麓書院記　　元吳澄

天下四大書院二在北二在南在北者嵩陽睢陽也在南者嶽麓白鹿洞也其所聚徒受業不仰給于公養然嵩陽睢陽白鹿洞皆民間所為惟嶽麓乃宋開寶之季潭守朱洞所建其議出自彥成劉鰲而潭守成之也時則陝川王禹偁為之記紹興燬于兵乾道之初郡守建安劉珙重建時則有廣漢張子敬夫為之記德祐再燬于兵大元至元二十三年學正郡人劉必大重建時則奉訓大夫朱[illegible]為之記延祐甲寅更三十年矣興廢劉安仁次為郡別駕董儒學事與其僚圮廢然整治木之朽若以堂之廢者共上瓦下塗更撤而新前廳殿宇四齋仁智禮信百泉軒後講堂堂之後閣曰尊經閣之後亭曰極高明悉如其舊門廡齋舍宮圖兩廊舉不修完善化主簿潘必大設其役未其果任相繼為長其始末請紀歲月余謂書院之肇創建與夫今之增繕補後有四劉氏近同志合豈苟然於哉開寶之季何也蓋惟五代亂離之餘學

政不修而湖南遐遠之郡儒風未振故俾學者于是焉而讀書乾道之重興也蓋惟州縣庠序之教沈迷俗學而科舉利誘之習鼓惑士心故俾學者于是焉而講道是其所願望于來學之人雖淺深之不侔然皆不爲無意也考于二記可見嗚呼孟子以來聖學無傳曠千數百年之久衡嶽之靈鍾爲異人而有周子生于湖廣之道州亞周孔孟顔而接曾子子思孟子不傳之緒其源既開其流遂衍又百餘年而有廣漢張子家于潭新安朱子宦

于潭當張子無恙時朱子自閩來潭留止兩月相與講論闡明千古之秘驟遊嶽麓同躋岳頂而後去自此之後嶽麓之爲書院非前之嶽麓矣地以人而重也然則至元之復建也豈不以先正經始之功不可以廢而莫之續也乎別駕君之拳拳加意者亦豈徒掠美名爲是哉其所顧望于諸生蓋甚淺也且張子之記嘗言當時郡侯所願望矣欲成就人才以傳道濟民也而其要曰仁嗚呼仁之道本先聖之所罕言輕言之則學者或以自高目

廣而卒無得論語一書大示學者求仁之方而未嘗直指仁之全體蓋仁體之大如天之無窮而其用之行于事物無不在邇之事親事長微而一言一動皆是也飲食居處一不謹焉非仁也步趨唯諾一不謹焉非仁也溫凊定省一不謹焉非仁也凡此至近小甚易不難而明敏俊偉之士往往忽以爲不足爲仁不可幾矣嗚呼仁人心也失此則無以爲人曾是熟于記誦工于辭章優于進取而足以爲人乎學于書院者其尚審問于人愼思于

已明辨而篤行之哉

已明辨而篤行之哉

足以為人乎學于書院者其尚審問于人慎思于無以為人曾是樂于記誦工于辭章優于進取而以為不足為仁不可幾矣嗚呼仁人心也失此則凡此至近小甚易不難而明徵俊偉之士往往忽諸一不謹焉非仁也溫凊定省一不謹焉非仁也一動皆是也飲食居處一不謹焉非仁也造[illegible]用之行于事物無不在通之事親事長徵而一言含宜於仁之全體蓋仁體之大如天之無窮而其實而容無徵論一書大示學者求仁之方而本

百泉軒記

元 吳澄

昔孟子之言道也曰若泉始達曰源泉混混泉乎泉乎何取于泉也泉者水之初出也易八卦之中坎爲水六十四卦之中有坎者十五水之在天爲雲爲雨而在地則爲泉故坎十五卦象水者十一象雲者二象雨者一獨下坎上艮之蒙水出山下其象爲泉而以擬果行育德之君子岳麓之泉山下之泉也岳麓書院在潭城之南湘水之西衡山之北周爲山水絶佳之處書院之右有泉不一如

雪如冰如練如鶴自西而來趨而北折而東還遶而南渚爲清池四時澄澄無髮滓萬古涓涓無須臾息屋於其間名百泉軒乂爲書院絶佳之境朱子元晦張子敬夫聚處同遊嶽麓也晝而燕坐夜而棲宿必於是也二先生之酷愛是泉也蓋非止于玩物適情而已逝者如斯夫不舍晝夜惟知道者能言之嗚呼豈凡儒俗士之所得問哉中經兵火軒與書院俱燬至元丁亥始復舊觀上距乾道丁亥二先生遊處之時百二十一年矣延佑甲寅

百泉軒記

元 吳澄

昔孟子之言泉也曰若泉始達曰源泉混混泉乎
泉乎何取于泉也泉者水之初出也易八卦之中
坎為水六十四卦之中有坎者十五水之在天為
雲為雨而在地則為泉故坎十五卦象水者十一
象雲者二象雨者一獨下坎上艮之蒙水出山下
其象為泉而以蒙果行育德之君子岳麓之泉山
下之泉也岳麓書院在潭城之南湘水之西衡山
之北固為山水絕佳之處書院之右有泉不一如
雪如冰如練如霤自西而來遶而北折而東還遶
而南清瀦為池四時澄澈無髮滓萬古涓涓無須
史息焉於其間名百泉軒又為書院絕佳之境朱
子元晦張子敬夫聚處同遊嶽麓也晝而燕坐夜
而棲宿必於是也二先生之酷愛是泉也蓋非止
于玩物適情而已逝者如斯夫不舍晝夜惟知道
者能言之嗚呼豈凡儒俗士之所得聞哉中經兵
火軒與書院俱燬至元丁亥始復舊觀上距乾道
丁亥二先生遊處之時百二十一年矣延祐甲寅

建嶽麓書院記

明　李東陽

東陽昔省墓長沙嘗渡湘江登嶽麓訪宋人所謂書院者得斷碑遺址于榛莽間慨晦翁南軒二先生之餘風遺澤未有以復也顧有寺存焉耳越二十餘年則聞通判陳君鋼始治材爲中門爲左右廡甃石數級上爲講堂又上爲崇道祠以祀二先生復名之曰嶽麓書院未幾陳君以内艱去且卒通判李君錫與推官彭君琢措亭其巓名之曰極高明又買田若干畝以成陳志比王君來知府事師儉屬師生行釋菜禮諸所未及如闕道路備器用廣旁舍儲書經史延師領教皆次第舉行而同知楊君實佐其事蓋茲院自宋初郡守朱洞始建眞宗時李允則請藏書國子監簿周式教授其間乃請賜額遂與應天白鹿石鼓並稱爲四大書院及南渡燬于兵安撫劉公珙復建孝宗時二先生實會講焉光宗時晦翁爲安撫更建于茲地學者多至千人田至五十頃廟舍至百餘間今殿基故在遺址廢田爲僧卒勢家所據歷三百餘年而茲院

始復其舊于是王君遣使屬記於予亦陳君昔所嘗請也余惟古者學校遍天下其教興學者皆聖賢之道故能以一德同俗及世衰政弛道晦不明上擇官以教下擇師以學窮什一之力而綏德世之少治而多亂奚惑哉今學有恒制師有定員弟玩常愒久不能無望乎什一之外如書院者故士或起于鄉塾則于此爲培養之地或籍于學則藉遊息以廣見聞使斯道之在天下體用一源顯微無間者隨厥窮達皆可爲成已成物之用乃可以言學不然雖學于此猶學于彼無益也且南軒得衡山胡氏言仁之旨觀所爲書院亦惓惓以是爲辭晦翁之學因有大于彼然亦資而有之後之學者曾不逮其萬一而不百倍其功惡可哉由南軒以企晦翁之學等而上之以希所謂古之人者庶幾爲茲院之重以爲山川光若其成格條緒則存乎敎與學吾于吾鄉大夫士望之矣院建工于弘治甲寅七月落成于丙辰十月陳君諱鋼起鄉貢士王君名珝楊君名茂元舉進士皆四明人吾郡之賢

大夫也助建祠屋者布政參議羅君鋻都閫楊君
銓府學生陳大用輩助置田者國子生李經皆郡
人寺僧法印實董其役蓋亦有慕乎吾教者不欲
泯其名亦附書之

嶽麓書院祠祀記

明 黄衷

長沙古潭州也興教之地是爲嶽麓書院宋建于開寶則有朱子洞歷歲而毀建于乾道則有劉安撫珙歷歲而毀更建于紹熙則有朱先生元晦歷歲而毀我　敬皇帝弘治甲寅陳郡倅鋼始復舊緒嗣而葺者則有楊郡貳茂元李亦陳諸未備者耳考書院之興廢此其大都焉方其盛時藏書則有李守允則王教則有周山長式講學則晦翁南軒二先生欽風嚮道學者卄千人授餐田五十頃

絃誦響絕而遊宴踵至君子慨之考教理之盛衰此其大都焉院舊有祠以祀晦翁南軒潭人請以山長式郡倅鋼配若或寢之而專祀朱張潭人之言文公集諸儒之成以明聖賢之道講學于茲吾師焉安撫于茲吾帥焉南軒暢世大儒并時同業大所謂過化者存焉吾祀之山長行通鄉先生也鄉先生沒而祀于社山長有焉吾祀之始書院之執于榛莽也閱三百年倅斯來也異夢兆其咸遺錫微其處費也吾無與焉力也吾無庸焉治吾惠

嶽麓書院祠記　　明　黃宏

長沙古潭州也與敍之地是爲嶽麓書院宋建于開寶則有朱守洞歷歲而毀建于乾道則有劉珙燬與歷歲而毀更建于紹熙則有朱先生元晦歲而毀我　敬皇帝弘治甲寅陳郡守鋼始復建緒祠而詳者則有楊郡茂元李亦陳請未備祀其考書院之興廢此其大都也方其盛時藏書則有李守允則主教則有周山長式講學則有南軒二先生族風聲道學者計千人設發田五十頃

絃誦響絕而遊宴饌話者于職之者猶寘之蠹家此其大都也院舊有祠以祀晦翁南軒偉人者以山長式郡倅綱祀若或毀之而亭厥朱張宜人之言文公集諸儒之成以明聖賢之道講學于茲吾師吾按撫于茲吾鄉與南軒暢世大儒并時同業大賢講道於者有吾祀之山長行誼鄉先生也鄉先生歿而祀于社山長有志於祀之諸賢之講于林巒也閱三百年惟斯來也興學洗其威遺俗殘其處貲也古無與爲方也世無講誦志治書

而教亦吾患也吾祀之是烏知尊之者未爲失而寢之者固未爲得耶潭人有辭矣君子以爲義民動以義莫可拂已督學許僉憲宗魯則因舊祠以祀朱張崇道也更堂爲以祀守洞守允則安撫撰山長式郡倅鋼序位以世崇教也于是潭人始慰考祠祀之沿革此其大都爲鈇橋子曰是役也有足勸者三爾大道既隱師友義衰口耳之常談無謂乎教仕進之筌蹄無謂乎學聖賢成已成物之用無復異時麗澤之餘朱張不遠千里講道湘西

論中庸之義嘗越三晝夜而不合然卒定于朱夫子夫以粹精如文公超悟如南軒猶不能無藉乎問辯劘難之益吾得以勸士良吏之品惟治與教故齊稱絃歌鄭美鄉校蜀郡之儒化贊皇之敵封非教莫取也後世乃有殫力簿書俛首繩檢自委于俗且冗者猶將不免郡倅陳君卒能于文法寢容之日無守之力而舉師帥之職若可與古良收齒者一興教已乎吾得以勸吏民志所嚮俗滋敝矣視去守令如嗟浼然潭人懷惠故倅恒若一日

而教亦存患也否則之是息知事之皆未爲夫而
鑄之者固未爲得而覃人有辭矣君子以爲義民
動以義莫可挽已教督學許會憲宗爵則因書而以
泥朱派宗道也更崇爲以祀守祠守允則寘無典
山長式鄉梓綱序位以世宗教也于是覃人始懸
老洞祀之沼草此其大都書然矯子曰是從也有
足勸者三爾大道既隱師友義衰口耳之常談無
請乎教化進之策謂無謂乎學聖賢成己成物之
用無復異時覊縻之勢未能不遠千里請道湘西

論中庸之義嘗跋三書直夜而不合然卒定于朱夫
子夫以精如文公超悟如南軒猶不能無藉乎
問辨劇難之益莊得以勸士良吏之品推治與政
政鄉梓綴謝鄉美鄉蚊蜀邦之儒化贊皇之政封
非教莫取也從世乃有絕力禪書院首繡檢自秀
于俗耳亢若摘游不究郡梓陳君卒能于文法發
齋之日無守之力而樂師帥之職若可與古更收
齋者一與教已乎否得以勸吏民志與懷俗游儆
宋潮去守令如匪流然覃人懷惠被梓恒若一日

中之祀事以上及乎世之賢大夫者吾得以勸俗
是故士成乎學吏成乎義嘻衡潭之利也乎哉

惜陰書院記

明 李棠

郡志舊有惜陰書院後爲陶公祠陶公封長沙郡公都督荆湘等州有大功於民祀之宜也史稱公朝夕運甓語人曰大禹聖人猶惜寸陰吾人當惜分陰惜陰之名以此嘉靖甲子夏月今節推震川翟公以名進士來茲理學淵源儒飭吏治爲督學憲使吳公重檄三學諸生講學於岳麓顧隔於大江之西每以風濤阻於往來乃於郡城外尋城南書院遺址不可得幸陶公祠僅存背陰而陽麓山

相望近府而便諸生從遊欣然鳩工拓而新之復爲惜陰書院而郡守巴蜀蔣公適至貞純明肅政學兼優志同道合共謀協舉期年落成爲舍五十間前爲明道堂中仍祀陶公後構聚英樓藏書閣門廡池亭翼然輪奐立會長置學田羣諸生於中二公時蒞訓廸之屬棠爲記昔晦翁南軒講學於嶽麓城南兩書院間士子振振向往以千數時稱潭州爲鄒魯教化大行四方則之人才輩出出者爲名臣處者表式鄉閭士至今尚節義而重名檢宜

有以風之也而南軒爲記甚詳指示人心擴充之
端所以爲學之方昭然具備在諸生繹其說而求
之耳茲吾郡二公之爲是舉也亦非特使諸生羣
居後談剽竊章句便遊觀爲燕安之地而已誠欲
成就人才明乎聖賢大學之道以求晦翁南軒之
所以教學者之所以學繼承往哲鄒魯之懿範所
以一道德而同風俗薀藉是以風動之盛心也不
然庠序學校之設徧天下士遊於庠序學校獨非
可學與說者謂士方攻於科舉文字之業以應上

之求於是從事於學校之教不暇及於書院之講以
彼視此判然兩事夫孰知聖賢大學之道豈出於
科舉文字之外學校之教非書院之所講歟書院
之所講而學之者又何妨於科舉文字之業科舉
文字固皆孔孟之傳也六經聖人載道之典也非
朱張之所講論而訂詮之者乎士惟誦其言無體
驗擴充之力而不知所以爲學之方專攻於科舉
文字之業而無博文約禮深造自得之實一獲進
取遂盡棄之視昔所攻又了不相涉矣是雖措陰

汗漫馳逐之耳況未之惜乎無惑乎人才之難此學之不可不講也學必講而後明既明矣然後知大禹惜陰之所以聖必有事焉陶公惜陰之所以忠不徒朝夕百甓之運所以地平天成者在是所以匡扶社稷者在是皆惜陰之學爲之本也夫子嘗論者曰學而時習之又曰學如不及猶恐失之孟子曰操則存舍則亾又曰苟得其養無物不長苟失其養無物不消知乎此則知惜陰之義矣蓋嘗誦時習恐失之訓而察識於存養消長之際究

觀乎天人之微玩易辭而有得焉人心之本體其象乾乎乾純陽之卦也天之道也渾然全體大通而至正一有陰而雜乎其間匪純矣匪純邪也邪暗塞矣故周公繫乾之三爻曰君子終日乾乾夕惕若乾自初而三陽道長矣朝乾夕惕是時習而存養之也否則消之爲陰矣夫子之大象亦曰天行健君子以自強不息不息則可以同天矣天不息道亦不息則學亦不息其所以惜陰者其至矣乎學者思禹之聖有感於陶公忠靖之功亦必由

乎邇識遠之耳況未之謂乎無惑乎人才之難也
學之不可不講也學必講而後明明而後知
夫所措諸之所以重必有事焉勿忘措諸之所以
忠不徒朝夕百變之運所以効乎天成者在是所
設匡扶補救於在是於措諸之學爲之本也夫子
魯論首曰學而時習之又曰學如不及猶恐失之
孟子曰操則存舍則亡又曰苟得其養無物不長
苟失其養無物不消知乎此則知措諸之義矣蓋
嘗論時習恐失之訓而察識於存養消長之際究

觀乎天人之微玩易辭而有得焉人心之本體其
象乾乎乾純陽之卦也天之道也渾然全體大道
而至正一有陰而雜乎其間匪純矣匪純邪也邪
皆漸矣故周公繫乾之三爻曰君子終日乾乾夕
惕若乾自初而三四近長矣剝乾之陽是得而
存養之也否則消之爲陰矣夫子之大象亦曰天
行健君子以自強不息不息則可以同天矣天不
息道亦不息則學亦不息其所以措諸者其至矣
乎學者思西之聖有感於兩公忠恕之功亦必由

惜陰而進之審長消之機致擴充之力知所以爲學之方以復其虛靈不昧之體日日新焉聖賢大學之道不遠於科舉文字之習而得之以是羣於斯樂於斯相觀而切劘優入乎高明廣大之域無負乎惜陰矣夫然中有主則守之固知至而行之利養浚而應不窮言之爲德言行之爲德行異說不足以亂之勢利不足以奪之有得於已無待於外外之所遇不足以動其中曉然分晰於善惡義利之辨必爲君子而不爲小人得志與民由之不得志獨行其道此之謂大丈夫顧不偉歟是二公所以建立書院之意也棠以是記之

惜陰而進之於長消之機致慎於之力加所以為
學之方以復其虛靈不昧之體日新詣聖賢大
學之道不遠於科舉文字之習而得之以是擇於
斯樂於斯相觀而切劘優入乎高明廣大之域無
負乎惜陰矣夫然中有主則守之固知至而行之
利養資而應不窮言之為德言行之為德行異說
不足以亂之勢利不足以奪之有得於己無待於
外外之所過不足以動其中纖悉分晰於善惡義
利之辨必為君子而不為小人得志與民由之不

得志獨行其道此之謂大丈夫顧不偉歟是二公
所以建立書院之意也案以是記之

朱張祠記

明 曾如春

聖朝崇儒神化醲洽寰宇雍雍二百餘禩歷憲臣代狩崇望山川秉宣德意頃直指紫亭日公南巡於嶽釋菜嶽麓書院謁晦菴南軒二先生祠特檄祠制議新規度宜弘垣墉宜固計業役兩月報竣蕆大觀永棲靈客予籍陪成事落之日敬稽首颺言曰茲邦人士抑知服習二先生遺訓仰承直指公新祠作人之盛美矣乎史載乾道間晦菴如湖南日南軒講論之語無所考見獨曰嶽麓唱和諸

什一曰超然會太極眼底無全牛一曰始知太極蘊要妙難名論是二先生造臻肯綮指授南邦士蓋太極圖旨也圖始道州元公闡深奧衍歸於主靜立極而學聖要領訣之乎無欲一言無欲故靜靜故虛而能神是以與天地合德與日月合明與四時合序與鬼神合吉凶自太極有圖圖有說有解此是彼非幾於聚訟惟上天之載無聲無臭數語最爲完密然中庸所謂無聲無臭實自戒謹不覩恐懼不聞中來本體不落聲臭工夫不落聞見

辨在有欲無欲之間欲根絲忽不盡便不是戒謹恐懼雖使槁心虛寂終是未離聲臭也欲根銷盡便是戒懼真體雖終日酬酢營爲莫非神明妙用而未嘗涉聲臭也此之謂無所爲而爲之義萬物一體之仁昔者伊尹道協一德功格于皇天世嘗誦其勛烈冠古今而不知其不靦不顧者則根荄固也嗟乎此非無欲令甲而元公所望斯人以志之者與邦人士幸生元公之鄉服行二先生過化之道矧遊息有地館穀有資作養有人試驗之不

爲不欲之素視阿衡何如也斯可以仰對直指公已公諱士价江西信豐人萬曆丁丑進士淵源正學敦隆先儒一巡南國而濂溪嶽麓嘉惠表章百年茂舉是役也時絀而用不告匱事集而力不告疲費省而工則稱鉅時知府吳道行濵川人雅尚好文協謀肇美董其役者湘陰縣丞山陰俞堯中

康熙戊申重建嶽麓書院記　周召南

今上戊申予以填撫之暇與耆舊諸君子修明掌故刻長沙郡志成因而稽古今風教之盛衰則巍科大節在南宋爲尤著攷其時爲連帥郡守者多名臣大儒相與崇正學之功居多所稱師帥守牧其人則楊文靖眞西山朱考亭諸先生也所稱倡道講學其人則胡文定父子呂東萊張南軒諸先生也若夫講學肄業之地則環州邑爲書院者十數處而嶽麓爲最大朱張之講席爲最專前後安撫荆郡四劉公所創建爲最備當在咸平祥符之間海內四大書院獨嶽麓奉詔賜額頒經籍敦聘山長立三舍法則恩數爲最異雖百世可也歷元與明四百年間教不逮古地亦代有興廢廢之既久無如今日予過其墟不能不憮然以思也既奉今上詔建義學亟爲卜郡庠左師書院制選佳士而鼓昕之蒸蒸起矣諸耆舊子弟復抱嶽麓圖志以請願得襄事還舊觀君山川文獻之靈勃焉相睍者爰集藩臬守令師儒而謀之僉曰韙哉舉端

謹者董其事得雲陽諸生劉温良長沙彝耆魏朝
榮任之卽以春夏之交滌其灌莽披其殘碣疏其
流泉鳩工庀材役者千指日給餼作食如理家事
屬郡倅 某時一閱視耳江以東吏民若不知有將
作也踰歲六月而工竣按圖以報院之左阜隆起
別爲禮殿陛戟廊廡如郡縣孔子廟循舊制肖
杏壇像四子侍爲別增名宦鄉賢祀有事於嶽麓
者爲不同院以內爲堂者二曰成德曰靜一皆講
堂而成德則陳鐘鼓敷皐比之地也爲祠堂者二

曰崇道曰君子報功也爲臺者一曰道鄉懷古遷
客也爲亭者二曰擬蘭曰及泉臨曲水幕列井也
合而絲之以垣凡二里許昔人動稱數年十數年
次第而就者今皆巍然翼然丹雘璨然一旦復其
壯觀而堅渾雅麗數倍於前謂非天人交功之力
不可予因是而竊有感焉唐虞立德三代立政而
教行于德政之閒孔子兼之以學爲宗故子思直
指修道謂教而其要言曰修道以仁夫仁亦二氏
之所竊據也然二氏必不可以治天下者無其道

之所藏據也然二尺必不可以治天下者無其道
指修道謂教而其要言曰修道以仁夫仁亦二人
教行于德政之間孔子兼之以學爲宗故子思
不可于因是而稱有感焉唐虞立德三代立政
非觀而堅渾雅麗數倍於前謂井天人交功之
大第而就者今皆鑑然遷來州護棟然一旦復
合而緒之以垣凡二里許昔人動稱數年十數年
咨也爲亭者二日撫蘭日夕泉隔由水幕洞井也
日崇道日君子報功也爲臺者一日道鄉儀古壇

蘇黃詩　卷之七　卅七　鏡木堂

堂而成德則興儀鼓敕筆北之施也爲祠堂者二
者爲不同院以內爲堂者二日成德日靜一曰講
杏壇像四子侍爲別佛各宜綵賢祀有事於嶽
別爲禮殿匡成廟廡御碑孔子廟碑於禮制
作也論藏六月而工竣按圖以救說之左阜隆
屬郡作者一時兩耳江以東吏民若不知有其
流泉爲工庀材役者千指日給值代食如理永事
樂仕之即以春夏之交撫其講茶收其幾淺滿其
蘄者董其事得書賜諸生劉温叟長妙義奇魏

焉耳宋儒懲唐之弊而濂溪挺生於楚文不在茲
乎迨淳熙乾道時諸大儒迭爲此邦之師帥牧守
以理學爲吏治南軒先生適以其學侍魏公於幕
府密贊忠勳考亭夫子嗣且以安撫帥潭政教大
行比於鄒魯海內學者咸以嶽麓爲歸則兩公之
能用其仁益明矣肰而浮屠老子之宮當時非不
並盛諸名臣大儒但力舉其政教以匡翊忠孝廉
節之原未嘗喋喋焉與之相排擊也亦恃吾道有
以包舉之爾今五百年昌期再振當必有紹明絕

學者來主之予願有志之士敬業於此以求道與
仁之實際而大用於天下勿徒滋朱陸之辯而成
洛蜀之競也斯社稷賴之矣諸士謂落成當有記
敢以鄙意質於大君子云是役也爲棟宇若干楹
計費三千餘緡方與督學使議將以餼士之廩竟
鑰之司山長堂長之名彷宋制請於
朝而諸生先礲石求記歲月並勒藩臬郡縣及郡
人士同志而襄事者於其端

語曰宋儒徵居之學而濂溪挺生於楚文不在茲干淳熙乾道三吉大儒迭為此邦之師帥牧守以理學為吏治南軒先生適以其學佐魏公於幕府審贊思考亭夫子嗣且以安撫帥潭政教大行比於鄒魯海內學者咸以嶽麓為歸則兩公之能用其仁益明矣原而浮屠老子之宮當時非不進盛諸名臣大儒但方舉其政教以匡弼忠孝廉節之原未嘗樂業志與之相排擊也亦特吾道有以宜學之爾今五百年昌期再振當必有紹明絕

學者來主之于顯有志之士敦業於此以求道與仁之實際而大用於天下勿徒滋朱陸之辯而成洛閩之說也斯祉禝續之矣諸士謂落成當有記故以歸意質於大君子云是役也為棟宇若干楹計費三千餘緡方與督學使議將以儀士之廩餼之司山長堂長之名倘未備請於
朝而諸生先礲石求記歲月並勒藩臬郡縣及郡
八士同志而襄事者於其端

重建嶽麓寺藏經閣記

周召南

自其淵深不測者觀之曰性自其虛靈不昧者觀之曰心窮心性之變化極淵深之分量天地於此托基焉聖人於此立極焉萬物於此奇命焉儒者謂之至誠釋者謂之圓覺誠而日至天人一理覺而日圓萬物一體心而已矣性而已矣釋者曰達摩西來直指人心見性成佛初不假語言文字也是語言文字既不足以致此邪果有以妨此也邪學者於四十九年之後迭相傳變集之曰經曰傳曰録是古人之前言往行即今人磨礪鈍之具也倘言如古人之言而行如古人之行則言前言往皆妄也倘言如古人而言則言亦妄也行如古人而行則行亦妄也即鈍去礪釋則言磨言礪亦妄而言須言鈍亦妄也如以面投鏡則貌難整而光已掩不如釋貌以空鏡則貌難氓而光已圓所以德山入門便棒臨濟入門便喝是琉璃殿上也要撲倒未可坐在光影池邊也豈惟二師如來於涅槃時文殊再請說法世尊曰吾四十九年豈說法

耶惟拈青蓮華于大衆會中迦葉破顏一笑是其爬
着癢處耳嗚呼噫嘻言之矣今試將拈花一着指
出曰教外別傳又更何爲人天百萬布置也哉大
日月有明容光必照見容光者知日月之所在洞
日月者徹容光之所及人非聖人得曰不學是語
言文字雖不足以致此又豈足以妨此也哉學者
不得不於一端引全體不得不於一曲愽大化者
也則一大藏教如日月之在中天誰不承恩覩明
星而開眼望野鷺而酸鼻又烏在非語言文字也

哉星沙郡城西有古嶽麓寺爲虎岑禪師所闢盛
地也向以兵火頽朽無一片瓦有禪師胏山檀者
衍青原石頭繼藥山起湛然脚下接曹溪正派毅
然獨立結草廬而居七年如一日郡人士惻焉又
五年而大殿法堂諸聖像悉具人皆動之師以眞
誠要終始遂得復祖塲如故謂虎岑至今日再來
可也余甲辰之秋奉命撫駐星沙未至夢師以偏
袒會於沅芷署中至日往觀究如得師于夢中者
言下契合一時計藏經闕不就復一年經備閣成

索余記余何足以記哉竊願與藏經閣相忘於無
言之表而與師亦相忘于無言之表而已矣爲之
偈曰
本無法也何以有經既有經也何以不銘人天百
萬願藉此醒天上三辰誰覩明星王宮出降今古
其刑兕率未離十方萬靈任持圓覺未嘗曰形甚
深微妙誰復曰屬普同供養曰照曰臨大千世界
曰淸曰寧明珠在庭曰精曰瑩

重建嶽麓書院碑記　丁思孔

嘗觀古君子之出而服官也將以宣達政教乂安士庶則必竭其力之所得爲以務其職之所當盡而府地之說固有所不計焉夫時有緩急則寧贏畢紬無紬畢贏是也地有難易則先其重者大者後其輕者小者是也然亦言其大槩云爾若其修舉廢墜之心則有皇皇然無敢以宴安者今

皇上勵精求治宵旰不遑凡所嘉惠元元者罔不利興害剔纖鉅畢治而必以興起教化移易風俗爲首務薄海內外亦旣文德覃敷聲名暨訖矣頃者滇逆犯順負嵎於衡湘洞庭間肆其蹂躪

聖天子奮揚威武不旋踵而底定而涖治茲土者敢遽以禮義之教望之瘡痍困頓之民俗哉歲在甲子余恭承

簡命來撫湖南經其野田尚汙萊入其城市猶墟落欲一旦起瘡痍而登諸衽席殆戛戛乎難之況於廣敎化而美風俗又豈易爲圖者然余深念

重建嶽麓書院碑記　丁思孔

書院千古之由而最宜也將以宣達政教人才士庶則必習其事之所習以務其職之所書齋而行遊之所序有不許夫將有發急則寧簡畢樂無說樂勸是也有難易則先其重者大者後其遷者小者是也然亦言其大槩之而若其修舉廢墜之心則有星已然無致以宴安者今

皇上御精來治育乎不遑凡所嘉惠元元者周不利

典章闕廢須畢洽而必以興起教化移易風俗為首務薄海內外既文德覃敷綏占咨訪矣則者迪德化順貞卿於齋瀟祠庵間序其縣滿

聖天子奮揚威武不庭震疊而底定而海治綏士者致遠以講美之教望之彝獻閭閻之民俗咸淪在甲子余恭承

簡命來撫湖南經其野田間尚行來入其城市酒遊落欲一旦返淳龐而登諸衽席治憂己乎難之況於廣教化而美風俗文豈易言哉周官然全深合

上爲四民之首如隆古以鄉三物而攷其德行道藝今雖不可以驟幾要其可從事於學者當自文義始爰是告戒九屬令府州縣有司博士各課其士而彙其文以上至長善二邑則親臨府學集而試之初覩其容色類領或且纓絕肘見有觸目愴然者既而閱其文猶可觀始歎士之失學未有以教之也而教之不行又無以養之亡過也攷楚志長沙舊有岳麓書院爲宋張南軒朱晦菴兩大儒講學地於時遠近嚮慕絃誦之盛比於鄒魯前明正德崇禎時屢爲修葺兵燹後久就圮殿廡祠堂鞠爲茂草矣余乃上體

聖天子典學師古之意謀所以復之則與藩臬道府諸長吏約節其祿食慮事鳩工因其舊址經始於乙丑秋仲而聖殿兩廡齋舍成招致生徒肄業其中設贍廩每月課試者三手自丹黄甲乙之爲多士勸越丙寅而高明中庸諸亭又成藏修有所游息有寄負笈來學者日益衆余又

士爲四民之首自隆古以鄉三物而賓其德行
道藝今雖不可以驟復要其可從事於學者當
自文義始變是古故凡屬令有州縣有司專士
治課其士而彙其文以上至長善一巳則親臨
將學業而試之例觀其容色顧瞻且聽誦所
見有觸目驚然者陋而固其文而可觀者獎士
之夫學未有以教之也而教之不行又無以養
之也過也攷楚志長沙有岳麓書院爲宋張
南軒朱晦菴兩大儒講學地於時遠近嚮慕從

嶽麓誌　卷之七　六十三　敬木堂

論之盛比於鄒魯而明正德崇禎時屢爲修葺
其燹後久就圮殿無祠堂鞠爲茂草余乃上
體
聖天子典學稽古之意謀所以復之則與藩臬道將
請長吏約節其廩食慮事始工因其舊址經始
於乙丑秋仲而聖殿兩廡齋舍成招致生徒肄
業其中設講廊廚每月課試者三年自再黃甲
乙之爲多士勸捐丙寅而高明中補葺亭又成
寢所游息有皆具致來學者日益衆余又

恐其養之不繼也捐俸購田三百餘畝以資膏火擇諸生老成者掌之然不垂以朝廷之明命虞其久而或替也乃具疏章凡再上仰尚俞旨丁卯春皇上親灑宸翰爲學達性天扁額并十三經二十一史經書講義還送到山固以重道崇儒昭我國家右文之治而興起教化移風易俗之意寔於此寓焉嗣是而

御書樓講堂庖湢復次第告成所費不貲民不知輿作之累而余之心力亦已殫矣學者競相激勵不獨登賢書捷南宮者若而人即窮簷蔀屋亦漸覺觀摩興起而余調撫中州之命下矣諸生不忘所自乞記其事勒諸貞珉余謂之曰爲人臣者奉揚聖天子嘉惠元元德意共爲庶爲富爲教道固多端茲特其初緒耳其何足記諸生曰夫子之爲此將傳之無窮也若作梓材既勤樸斲又必從而

丹雘之繼自今墍梓之士被野烟火之氣滿郊
誦讀之聲遍城郭財屢豐矣民安堵矣後有來
旬求宣者鑒於茲而踵事焉日漸月摩士因文
藝而敦器識民亦感慕而知廉耻敎化大行風
俗醇美豈不重有賴乎余曰唯唯否否古之敎
學者文辭云乎哉必也六德六行六藝咸備於
躬乃論秀以升功烈聲名於是焉出余行矣多
士勗哉有能繼朱張兩夫子之遺緒講明性天
之學蹤軌前哲扶掖來哲仰荅
聖主作人之化余實有厚望焉是爲記

重修嶽麓山萬壽禪寺記　薛柱斗

佛之爲教在緇衣輩力爭其有在闢異者力辯其無彼既黨其同此復伐其異理固然也情亦然也其爭有者不過因身奉其教而想像言之實不知其佛爲如何有也其辯無者亦不過心既業儒卽以佛爲異端究竟亦不知其佛爲如何無也余請得而論之夫佛西域之教主也西域之有教主亦猶中國之有聖人也西域之有釋迦彌勒彌陀燈明藥師等教主亦猶中國之有伏羲神農黃帝堯

舜禹湯文武周公孔子等聖人也西域之以釋迦爲當今教主亦猶中國之以孔子爲當今聖人也是中國有中國之聖人西域有西域之教主各尊其教各闡其化其何參差之與有其何辯論之與有耶惟是金身入夢而漢帝開其端同泰捨身而梁皇衍其緒此佛教之行於中國有自來矣然以西域之教而流入中國而中國之儒有力辯之而不能去者亦有身入其教而奉行不怠者此其故何歟良以子輿氏有云鷄鳴而起孳孳爲善者舜

之徒也鷄鳴而起孳孳爲利者蹠之徒也是吾儒之教天下者不過欲人爲善耳而佛氏之戒殺戒淫諸事亦不過欲天下之人爲善也此欲善之一念旣爾相同則上與天心合下與人心合此闢異者所以日闢而不能闢甚至畧奉其教而不怠也余請得而論之即中國之聖人立教亦各不同如伏羲則有文畫示教神農則耒耜示教黃帝則以冠裳示教堯之欽明舜之濬哲禹之善言則拜湯之立賢無方文王之緝熙敬止武王之不泄不忘

周公之即思待旦以至孔子仁孟子義何嘗同乎然而所同者心也佛之教雖不同然而所同者亦欲世人共爲善之心也心旣同矣則佛教之流行可以化世情之囂競可以輔吾道之不逮以此相助爲理何必力闢其異又何必身奉其教哉且攷之陳眉公先生嘗云天下寺觀乃一大養濟院也謂收天下之鰥寡孤獨而養之盛世可以釀天和衰世亦可以消亂萌旨哉眉公之言可謂得治天下之要矣余分藩南楚著列星沙每於政暇登嶽

下之要矣今亦介濟南李先生者刻此書於收版登藏
某世亦可以治亂而君哉猶公之言可謂得治天
謂收天下之鰥寡孤獨而養之盛世可以釀天和
之陳猶公先生嘗云天下寺觀乃一大養濟院也
物爲理何必力闢其異又何必身奉其教且攻
可以化世導之囂競可以輔吉道之不逮以此相
欲世人共爲善之心也心既同矣則佛教之流行
然而所同者心也佛之教雖不同然而所同者亦
周公之所思兼且以至孔子仁孟子義何嘗同乎

之立賢無方文王之緝熙敬止武王之不泄不忘
言寡示教堯之欽明舜之濬哲禹之善言則拜湯
伏羲則有文畫示教神農則耒耜示教黃帝則以
余謂得而論之前中國之聖人立教亦各不同如
者所以日闢而不能闢其至詔本其教而不忘也
合焉爾則同則上與天心合下與人心合此闢異
諸事亦不過欲天下之人爲善也此欲善之一
之教天下者不過欲人爲善耳而佛氏之攻設
之徒也邁近而地學拳齋利者鵬之徒也是皆相

麓之巔覽瀟湘之勝訪彌嵩和尚於麓雲蘭若煮
茗譚心敲詩論道詢其峯爲南嶽七十二峯之一
其寺開自晉代盛於隋唐明神宗賜額萬壽取祝
聖義也　國朝定鼎禪師腓山擘草重興開堂祝
國吾鄉提督張公諱勇糾湖南雲貴諸當事捐資
鼎建前殿大殿兩廡法堂方丈藏閣固一時之盛
益以連年兵火仍屬傾頹有驛鹹使者趙公雲岑
念名山古刹不忍廢墜慨然捐資重修後殿不兩
月而工成余推趙公與人爲善之念不覺殷殷有

觸乃捐金鼎建前殿塑彌勒尊者之法身而標閣
程公仕浯亦捐資裝塑帝馭尊天之金像工將竣
趙公冉續前善之因以爲合尖之果復爲捐資建
大三門一座是萬壽寺之規模宏遠煥然一新而
全工告畢矣趙公與余仍捐資買置李雲仲本山
下市田九石以爲香火之資歲集往來雲水於中
安禪受戒暮鼓晨鐘祝　國佑民從此名山古寺
相傳不朽而星沙士女登遊其地者時加瞻仰興
起善心其與鷄鳴孳孳爲善之心不亦擴充而光

跋書心其與彝鼎學拓碑者之心不亦難乎而

時動不前而是此士大夫與其為拓者古為興

或謂變更無禄皺戚後冥　國朝明淡其如山古寺

丁申四大方百以爲者大之資最集并來至木然中

全工吉事矣趙公與余宅拙資畢置冬宋中本山

大三門一宋宋萬嘉年之戰敕拙嵩藏然一帶而

趙公曲鐘論著之田以能合求之路徵嵩拙紹書

宋公古出北拙資業舊拙琮拓大之金翁工拙藏

識元拙金鼎敦福號舊廣拙著拓之朱良而東圖

且謂工取余拙趙公與人爲著之合不寶張張酒

金谷山古舊不路藏利戴然拙資重翁敘張不而

益以步年承六兄驗但藏伯聲頤戴拓趙公雲冬

拙拙敦福張大張而庸宋古十丈積圖田一拙之翁

國吾　曾敦拙張公萬東年能拙數拙拙畢拙福

至樓山　國節金號舞書三日銘拓無宋理拙宋

其寺匪口題刃絡承拓所昌嘉宋形隱拓書拓寓

拓譜心拙類拓福道拙其年碑拓典力十二年之一

藏之藏藏論拙之乘拙嘉拓宗拓宋拙拓圖拓藏

大之乎余非尊崇其教也取其爲名山重且能勸人爲善爾果報云乎哉禍福云乎哉

建復禹碑亭記　國朝黄性震

治水碑在嶽麓峰頂蝌蚪奇蹟傳於峋嶁海內學士大夫莫不奉爲神物前代司土者曾搆亭庇之蓋以保護爲崇重也

今上御極之二十有五年余忝承

簡命備員楚南蒞二職守弗暇登陟今年三月乃得縱觀嶽麓之勝尋覽碑文則七十七字一片磨岩露立于蒙茸荒榛間自明監司石君重修後累經兵燹榛莽弗芟燼于野燒已數十餘年

矣嗚乎覩河洛而思禹功千古有同心也余安敢對古聖之奎章坐視其浸淫于風雨乎於是庀材鳩工給値傭作纖毫不以煩民經旬乃訖是時

大中丞丁公修舉嶽麓書院四方生徒盛集我

皇上親灑宸翰懸額頒書

天使涖臨震耀山谷而茲亭相繼落成休哉昔之禹碑今之

御書山靈景運之升與聖道中天之慶何其後先

協應也哉夫平水土者大禹當年治水之功也
而立民極者
皇上萬世教人之澤也後之學者讀禹篆而思欽
麗之德邵
御書而溯淑性之思則治統道統與日星河嶽並
垂天壤是則余之所厚望也夫

重修嶽麓書院記

國朝 毛際可

衡山之峯七十二攷古誌以回雁峯爲首綿亘數百里至星沙之西南隅而始爲山之麓此嶽麓所由名也趙宋開寶間刺史朱公洞剏建書院至乾道二年考亭夫子訪南軒於其地相與攷道問業一時士子雲集景從正學不振人習瀟湘間彬彬有洙泗之風焉其後與廢相仍多歷年所暨康熙甲寅吳逆之變叛逆稱戈文教殄絕書院將鞠爲茂草辛 王師蕩平 大中丞丁公開府湖南首披圖籍慨然曰郡國有先賢之遺蹟而不爲修復是在位之責也遂捐俸爲倡片甓尺椽不以需之閭里庀材鳩工浹歲告竣自 文廟尊經閣而下與夫崇道之祠四箴之亭以及六君子堂後先相望 中丞公又妙簡名流以董帥之每公餘之暇課其會業用相鼓舞丈老扶杖感嘆以爲覩記以來所未有也今年夏偶大過三湘而孝廉郭君金門踵門來請曰願有述竊謂地靈與人事常相用者也昔昌黎謂南方之山巍然高而大者以數

重修敷文書院記　國朝　毛際可

衡山之峯七十二攷古誌以回雁峯為首嶽麓為殿百里不退非之西南隅而猶為山之麓非溪講所由齊也過未聞賓問刺史朱公洵總建書院于茲道三年敬亭夫子游市斬於其地相與及迄門業一時十子宗集從正學不振人滸淵明將於有休爾之風若其後興廢相仍迄今所覆康熙甲寅循吳逆之變擴流稱丈文徽號書院特精歲及其年　王師討平　大中丞丁公開府浙

首攷圖籍撫縣曰郵圖有先賢之遺蹟而不為修復是在位之責也遂捐俸為倡捐舊尺椽不以語之問并此材所工夾廣告竣自　文廟尊經閣而下與大宗道之廟四齋之存及六若干堂後先相望　中丞公文妙精各派以董師之任公條之徵諸其會業用相鼓厲文老林拔鳳璜以為觀記以來所未有也今年夏偕大過三浙而奉涵郭君金門師門來論曰順有述篇謂施盡與人事常相用者也昔呂祖謙有言方之山藏深而大者以敷

百獨衡爲宗中州清淑之氣蜿蟺扶輿磅礴而鬱積而書院又適當其麓則又氣之所萃毓靈而鍾秀者也然上下下百年大盛於考亭而又將復盛於今豈偶然之數歟聞 中丞公之撫楚整躬率屬儆貪黷賑窮之闢荒蕪釐行戶之艱蠲夫船之役豪右畏威甘涸應禱善政不能枚舉而學校爲王化所基低徊於絃誦揖讓之間更爲觀風者所不能畧也況我

皇上始終典學比年來 親灑宸翰以萬世師表之

額風厲學宮并求先聖先儒之裔榮以世秩而

中丞公當下車之初早惓惓以建學育才爲務者有不期而合者焉蓋

聖朝之有名世運會所屆一德交孚固不徒地靈人事之相因已也殆亦天意將開文治之盛化行俗美而以比隆於唐虞三代也哉遂拜手爲之記

且爲衡嶽宗中州清淑之氣蜿蜒扶輿磅礴而鬱
積而書院又適當其衝則文氣之所萃匯而鍾
秀者也然上下百年大盛於考亭而文將復啓
於今豈偶然之數耶　中丞公之撫楚粵學
檐頹像毀講堂之闈荒蕪議行戶之職鑰大論之
役宗右民賦甘詞惡論修復不能救與而學校爲
上化所來被者於經論指議之間更爲觀風者所
不能名也已矣
皇上始終典學比年來　親灑宸翰以爲山而表之

鎮風所學宮并求先聖先儒之爵象以正祀典而
中丞公當下車之初早殷殷以造學育才爲務者
有不期而合者焉
聖朝之有合世運會所屆一統文平同不徒庶幾
人事之相因也而亦天意啓闢文治之盛化行
於美而以比隆於唐虞三代也哉遂拜手爲之記

自卑亭記

嶽麓書院在麓趾之陽自長沙往者濟江登岸道出山陆田野間峯巒可數林壑漸開爲程三里有奇雖皆坦平無險阻然求一憩足之所則不可得也康熙二十四年丁大中丞思所以廣教化育人材者捐俸重新書院以聚學徒延山長以主訓廸置餼田以資膏火又疏請御書區額祿閣經史以旌先賢備講誦而庀材鳩工則委其事于寧既已相度經營自聖殿以及祠亭門廡坊表垣墻與夫泉池階徑之屬悉補葺而建置之又稍拓其右建御書樓前增文昌祠左則造于山舊有二亭稍上曰道中庸更上曰極高明皆考亭夫子所創而名者今俱無存亦仍其基重建焉工將訖規模咸就纖細畢舉區舍亭池之間足以藏修游息唯自書院達江數里之間往來無所甓息彼負笈至此者欲少從容覽勝檝而無一廈以避風日豈非缺畧乎于是度于道中創建一亭俾與高明中庸遥

相睎矚而名之曰自卑蓋嘗聞之師矣旗然之趣半多顛躓躁躐之行無禪率循彼夫聖賢之道功極位育而修之祗在戒懼慎獨之中體之不外夫婦倫常之際不益信行遠之自邇登高之自卑也哉於戲遊斯亭也仰高山之匪遙景前修以遵邁其於學也亦思過半矣夫慮其所缺以獎翼來學正董修者事也故既建斯亭并爲之識使學者有省焉康熙二十七年三月上巳長沙郡丞山陰趙寧記

重九遊麓嶽記

國朝 胡作梅

自巴陵濟湖泖湘江而上距長沙南數百里爲衡山山勢綿亘甚士大夫舟過洞庭蓋未嘗不作望嶽想然層雲隱蔽不可於數百里外見也其在長沙郡有山環江西岸爲嶽麓嶽麓者嶽之麓也山足蓋曰麓余固倦於遊不早與夫二三子登回雁之峯尋望日之勝遠摹九嶷窮睇八荒則嶽角而目胸腹腰膝爭奇鬭險偏地開天之觀今固顯以

異日顧幸而登邇茲嶽麓者至止以來日未嘗不褰裳欲從之然竟不果也時維九月序屬重陽或曰是孟嘉龍山落帽時也遂濟江而西載酒攜萸將選高而登之初至江扁舟艤岸側輕利如葉風徐徐遊江水上尺波不興羅縠如織沙渚尖銳出江中破江爲兩漁舟停其間炊烟浮沙際不絕布網迎風有魚藏水面忽歸致翩翩似與漁人狎者比到岸舍舟從騎便得山山四圍皆草叢逕入如入谷中中有樵蘇人長與茂草齊幾不辨折而西

又折而南又折而東而西又折而西南環視前後左右皆山也路崎嶇若不可行者前望有淺山迎馬首遂渡嶺復得一谷從山縫偷覷其東有村落宛然不知其與江將誰左右也遂聞人聲從院宇中喧呼若相指使者爲嶽麓書院蓋　大中丞丁公自涖三湘日以崇儒講學興廢爲已任時方須俸選材命工而修之書院右爲先師孔子殿四賢坐而侍遺像儼然車服禮器雖不具然遊者並低徊久之如到春風沂水中知儒者氣象不同也殿

後有遺址爲宋朱張兩先生舊祠瓦礫鋪甃碑文半落顧猶依稀傳程氏四箴字樣而已余乃與同志出祠後攝衣縱步將窮山巔視山頭有亭如蓋方冠知大禹碑在焉初看近若咫尺可趨到然山背方阸峻負危石巉與吾足力鬬卒不貶久之莫至也余適困極思息顧同儕皆氣吁吁不勝困相率中道返嗟乎其進鋭者其退速余乃今而悔之矣取路下卯有過之不復持余踵余益知進之難而退之易如此乎其不可不戒也於是改策易塗

又折而南又折而東而西又折而西南環山前後
左右皆山也路崎嶇若不可行者前望有茂山迤
邐首迤邐復行一谷從山鑿偸處其東有村落
宛然不知其與江潭並左右也迷問人導從院宇
中陪呼若相指使各為嶽麓書院益　大中丞丁
公自撫三輔日以崇儒講學興廢為已任時方頒
條遞林命工而修之書院右為先師孔子殿四賢
坐而佇遺像儼然車服禮器雖不具然遊者並低
徊久之仰洙泗春風沂水中知儒者氣象不同也遊

從有遺址為宋朱張兩先生舊祠其[illegible][illegible][illegible]碑文
半落頗猶依稀傳程氏四箴字樣而已余乃與同
志出祠從書院縱步將窮山巔觀山頭有亭即嶽
方況知大禹碑在焉初有近若咫尺可讀到然山
昔方且峻窮危不變與吾足力鬪卒不敢久之莫
王也余適因極思息亂同儕皆氣喘不勝因相
幸中道返嘆乎其進銳者其退速余乃今而得之
突取路下仰有過之不復持余雖余益知進之難
而退之呂汾仰止乎其不可兼也於是改策易途

造山之腰有松吟其前有石臥其側有閣懸其旁有亭覆其路休息俯仰不求而具方是時余且志氣充綽有餘閒不復如向之跛履艱危也未幾遂由寺寺鑿山爲址竹樹環之有泉冽然流甚細自竹根中迸遙來寺後尋山峯不復見蓋有蔽之者將徃求之而余遊其且蕭然遂返從山腰看郡城內外遊市中如小兒豕冠隱隱湘江一帶漁舟大如瓢不可指數白鷺著沙汀甚微出沒隱見彷彿知書院中匠作邪許聲近在山下杳不驚山上人

耳弟見搽斧運斤人影搖動而已徐而下得平地山周之如環向之所樂江城漁鷺遠眺之形及其山下鳩工庀材縱橫上下經營之狀一旦逃避去色聲香臭味湯然都空余方惕息四顧覺天機之動灝灝從心目間抽曳矣谷盡還書院尋李北海石碑處碑文斷續可思前人心神僅有存者騎而歸馬輕其險人忘其疲揚鞭送鳥甚自得也豈非塗坂已經性安所習久之而後知履之而後能者乎遂抵江相攜就舟臨流引酌舟人縱高聲上下

予從征江相構流川臨流引雨川入嶺高聳上下
篷坡已經性究所賞人之而後知覆之而能者
歸思嘆其險人忿其險揚譏送焉其自得也豈非
石傾處轉文斷續可思前人心神猶有存者滿而
動觀瞰從心目開拓更究谷盡還書院蒼李扎游
色聲香臭味為然都空余方悟息四顧覺天機之
山下塢工花村縱橫上下經營之來一日迷遊去
山周之外環向之所樂江城魚鳥遠眺之形及其
丹崖見榛莽遮斤人影都動而已徐而下得平地

如書院中所作那許聲在山下杳不驚山上人
如飄不可指數白鷺著沙汀其微出沒隱見彷彿
內外遠市中知小兒不冠隱隱酒江一帶漁舟人
將往來之而余遊其目滿然迷返從山陬行指城
行根中道遙來寺後尋山峯不復見荅有藏之齊
山寺于鶯山為址竹樹環之有泉洌然流其綱自
東院綽有餘閒不復知向之娛魔擾況也未幾輦
有亭翼其旁休息俯仰不來而其方是將令且志
遊山之暇有松吟其前有石臥其側有閣懸其旁

若相和者久之風驟震揚帆飛渡亂流而東此到岸則殺孩猶在舟中也始余畏山之勞而進遲日月也故不幸到于今及余爲其事而不擇其塗縱其力而又不寧其氣故中阻其後也余避迻而反之北往還而熟之變人情于登臨扶物隱于山水予心有樂焉惜夫其命志之不堅氣之不善養力之不勤遊具之不充於囊竟不獲及嶽麓之巔以止也況于嶽哉夫循級而登勿敗于速苟不止雖嶽余固將及之惟其志其氣其力之是爭而余何

畏焉既以感于心退而爲之記

附跋

跋胡抑齋嶽麓遊記　大中丞　丁思孔

嶽麓爲衡山七十二峯之一踞長沙西岸隔湘川而相望也出城渡江不十里爲遊觀所必至郡志載昔人題咏甚多而南軒晦菴兩先生於此講道勸學其名益顯自流氛肆毒暨近羅逆亂征伐勘定之餘榛莽丘墟名賢罕至山靈亦有今昔之感矣余視事經年民稍蘇息士子漸知嚮學於是修

葺書院以繼往開來正在此工而抑齋太史閒居秉舟巘展適逢九日挈伴登高既洽勝情乃成斯記誠昇平之佳話山靈之幸事也夫記遊者不過搜奇歷險摹寫其詭異恢偉之觀詩酒友朋之樂而已今獨於登臨進退間不忘理要惓惓以鋭速難易堅定善養之說反諸身心一篇之中三致意焉而耳目所接天機流動灝灝乎境與神會則非尋常所及也湛甘泉先生語學者當隨處體認天理抑齋其庶幾乎書院既成宜鐫置壁間以告北

邦士子與後之遊茲山者

遊嶽麓書院記

國朝 李何煒

自津頭得一艇横江西渡經稱洲尾泝流六五里岸行可三百步始及嶽麓書院石坊坊左右皆田或瘠或腴秋淺尚未穫也從石坊抵院門道直如弦寺乃在西南間矯首翹視畧已目治回眸低望勢猶埜寫老杜所謂嶽殿插入赤沙湖者此其似歟考書院始於宋唐以前無有故嘗時但以寺遊言之使少陵而在則南紀波瀾西河風味之句奚俟載筆於衡山矣院制如郡邑學宮登夫子堂佇

以顏曾思孟不木主而像乃聖乃神吾君吾相繪者不辨命之繪者亦不辨也廟後立二十餘級聳室三楹世宗敬一箴程明道視聽言動四箴在焉刻劃精石以不朽人心其能如石乎其西爲朱張祠少前爲六君子祠世謂經生不能介胄宋以是弱孔徒三千氣壓戎馬而秉禮之國終不能與齊晉爭强此豈姬公爲之耶其前則諸士課業之地有堂有廡如是者二墻以間之計可容二百人生徒昔有至者然虛席極多則好學之衰於古可知

也周覽已畢坐擬蘭亭取汲泉水飲之甘於江水于時暑氣未減登陟爲勞憩息片晌如奕者一局時耳與遊者俱出尋李北海嶽麓碑有亭覆之碑向爲火所焚因摹榻者冬日畏寒以萩環其外不戒於火而火不甚熾未至斷裂然蝕去者數十字矣一嶽麓也先聖宮墻於斯諸賢先後集於斯而禹碑與北海實上下之所以先北海而後禹碑者北於追遡往代不以苗裔先根本不以夏殷先羲軒也禹碑向東向劈山而鑱非人力所能動移中

有斷痕類夜半天河影白夫子廟至此當以二千步計路峻甚不能卽至則且止亭在其間凡欲覩禹碑無不賈勇疾上所以止此者蓋喘而非倦也驤馭既髮天朗氣清白雲一縷淡且欲散悪人而下扶之不忍去手比少夷行池水一泓聚草纈碧則道鄉臺實踞而臨之道鄉臺三字朱紫陽手書子曰吾有由而惡言不入於耳此亦夫子之後勁歟同遊者曰觀止矣於是以肩輿至嶽麓寺寺遊則別記之以釋與吾儒固應異日談也 乙卯七月十七日

遊則別記之以繹與亭備圖悉迷日謀也 乙卯七月十七日

勁與同遊者曰觀止亭岑是以有輿主游諸寺

子曰自吾有由而惡言不入於耳此亦夫子之彼

則道鄉臺實踐而隔之道鄉臺三字米棠隱于豈

下扶之不忍去于此也夫行池水一泓聚草滿碧

儀馭既爰天朗氣清白雲一變後且微散遠人而

再鄉無不貫男疾上所以止此者蓋論而非從也

造者路變甚不能印至則且止亭在其間凡欲觀

行圖浪類夜中天河影口夫子病全此當以一千

樵蘆誌　卷之七　八一　鏡水堂

軒也西傳向東向劈山而幾非人力所能動矣中

北於逍遙往於不以古畬先概本不以夏殷先義

焉與北酒實十下之所以先兆病而後語傳者

矣一讖護也先寧宁過於與諸賢先後集遊而

藏於火而火不甚微未至斷然餘主客數十字

同爲火所焚因摹闕者今日更以參環其下

偕其與遊者但山寺今北海謙薄聊有亭蘊之聊

十偕居高未嘗爲勞恩息片偏仰深者一周

也同覽之平淡蘭亭以淡泉水依之甘於江水

遊嶽麓記　羅　俊

憶已未秋遊恒嶽自渾源州南入可二十里至山足其間有所謂懸空寺者峭壁百丈寺縣其中觀之令人驚心駭目時秋將半白草黃沙塞雁哀鳴邊城景色莽蒼彌望路委折不甚陡峻騎行可至山腰過此則拾級而登土人指十景相告因與同遊諸子分韻賦詩及至頂謁嶽帝日正中天秋陽暴烈俯視山下則已黑雲密布大雨忽作雷聲殷殷反在足下噫嘻豈不一大觀也哉夫恒嶽遠在

邊塞之外去家五千餘里不憚跋涉而遊衡嶽楚之望距家鄉非甚遼遠乃生三十年而不能一至豈洞庭之險反勝於太行雁門耶丁卯春買舟而南行三十里即阻石尤入日始抵嶽陽因嘆舟楫不如車馬可計程而至也泊舟湖畔忽遇順風一日夜即抵星沙驚風巨浪瞬息百里數日辟困一旦舒放固不必登嶽而始爽然也南嶽在衡山縣去星沙尚三百餘里卒然不能至而嶽麓近在湘西即南嶽七十二峰之一蓋衡山綿亘八百里回

遊嶽叢記　　　　羅　　校

憶己未秋遊恒嶽自渾源州南入而二十里至山
足其間有所謂懸空寺者峭壁百丈寺懸其中觀
之令人驚心駭目淋漓半白草黃泥窒雁家鳥
遙瞰景色蒼蒼瀰望靡涯委折不甚陡峻躋行可至
山巔過此則捨騎而登士人扶持景相合因遞同
遊者予今讀賦詩及至頂謁嶽帝日正中天秋陽
暴烈欲淚山下則已黑雲洛布大雨忽作雷聲殷
殷及在足下隱隱遠不一大觀也夫恒嶽遠在

嶽叢話　卷之七　八二　錦木堂

邊塞之外壯矣五千餘里不憚艱遊而遠為嶽遊
之聖非宗禰非甚遼遠乃生三十年而不能一至
豈洞庭之險及勝於太行雁門耶丁卯春買舟而
南行三十里即阻石尤入日始渡湖嶽陽因冀所并
不伸車馬可計程而至也洞庭湖半路遇順風一
日夜即抵星沙驚風巳覆舟息百里鐵日錯困一
且舒旋回不乞從嶽而始爽然也南嶽者衡山纔
去星沙七百餘里卒無不能手而嶽攀遊合衡
西望衡嶽七十二峯之一蓋衡山為五入而理回

雁爲首嶽麓爲足云同學王子孟毅先至山中作詩招我乃爲雨阻不即遊暮春一日棹扁舟絶橋洲而西洲横江心每春夏水漲不能没與波上下葢昔人所謂地肺焉抵岸芳艸迎風鮮花映日漸江所望嶽麓寺者反杳然不可見循山徑迤邐而行四無人聲惟聞百鳥和鳴令人作桃源想數折至道林寺寺門蕭然唐人遊覽賦詩必與嶽麓並稱觀其弘敞幽邃自是一清净佛地也又行里許至書院規撫壯濶丹雘炳煥書聲朗朗徹院外嗟

乎遊氣扇虐而後湖湘人士殘敝已極今乃登衽席而誦詩書又安可不思春風化雨之所自來耶隨書院爲學宫內塑先聖暨四賢像恭敬展拜而出李邕碑剝落漶漫剔苔蘚可讀望道鄉臺不能不生遷謫之感而羡清風高節之可傳且嘆山僧之賢於温盆萬萬也從此登山羊腸逶迤扶童子喘息甚昔人濟勝之具真不可少路傍有舍利塔相傳昔名僧以舍利一撮付隋文帝後分五十三處建塔藏之嶽麓其一也然陰晦無寶光心竊疑

焉或謂爲人盜去詠亦不謬人寺愁虚岑堂山僧
煮茗清談燒笋侑脫粟飽食一過清芬可人泉聲
自窓外至如歌如訴如琴韻如簫聲恍耳怡心眞
覺紅塵之擾攘可憎也日既午同王子請山頂捫
蘿攀藤松花竹粉掩映襟帶間既至縱目一覩諸
峰羅列眞如兒孫遶邏之間延野綠而混天碧椰
子之言洵非欺我禹碑遠在前山路崎嶇恐日暮
不能到亦斯遊之一憾也南望山光隱隱層巒叠
嶂杳無盡處祝融紫蓋諸峯想在煙霄間顧不知

何日始慰覩臨之願亦如恒嶽之登峯造巔耳抵
暮尋舊路歸鷓鴣聲朗然可聽林間白鵬忽隱忽
現時值朔日尚無新月可觀因思三五之夕據崗
長嘯猨聲響應清景又當倍增歸寺宿僧房萬壑
松濤翻然到枕謂王子曰昔遊北嶽時同人五六
輩今八九年間散如晨星或仕或處或且志於富
貴視故人如敝屣者今吾與子數年之後車笠之
情又安可保耶王子謂是安足道請聽梵唄皆如
夢幻焉富貴乎何有功名乎何有即茲遊亦何有哉

遊嶽麓寺記

李何煒

嶽麓有寺至唐始大著沈歐之筆杜韓之篇世所寶也近聞寺有掘土者獲數尺得九百數十片雖不及未央銅雀以爲硯頗能下墨云是王僧虔藏物則晉宋以來有之矣崇禎癸未寺既燬於兵火林木斬伐殆盡肺山和尚力募再創高下參差縱横疎密遠豁慧眼實具匠心彌高其上者也叅學有年不愧付託精神淵著情致蕭散師已西歸敬遵遺命厝其蛻於寺後而塔封之予詩中所謂寶

鏡臺前種明珠者是也山氣如渴驥奔泉至此忽自作其銜勒形家遇此甚難而肺山安坐而得之釋云無生何有於骨蓋衣鉢相傳自有世系未有爲人子孫而忍暴露其祖父者則佛氏之教亦何嘗大遠於人情哉彌高業浮屠而能爲儒者言與予車登高而眺倦遊而坐宜至月出重以茗飲予與王子在筒不能酗酒因携與俱彌高亦無忤也語久偶徵夢事各述舊聞忽有蝶集於席上兩翅文成五彩與皓魄相爲映照良久始栩栩去昔支

公善解莊子豈其神化爲之乎月過中天僕佇皆睡露濃草濕未寒已涼因與鄒與傳章戴諫共出寺門東望郡城萬籟無聲獨江間漁火時隱時現風靜波恬雲無纖芥歷歷可指數也昂首西顧真武殿出於顛際竹樹擁翳而蔭之真武有帝者之號故其位置不妨高於佛恨無徐佐卿鶴化術耳肰予猷之典已盡黑甜一枕晨鐘喚起與同遊者飲而後話之道人方起案有桃實數枚道人謂此徑榛莽麻未易剪除獨予以一緉一黃彼此往復何爲幽篁及此蓋爲望南嶽而來也與道人談華山參嶺之勝不覺精魄飛動道人以病不能久語別去下殿行可百步少折而西爲飛來石七十二峰恍在白雲紫烝中得韓幹韋鷗操筆當以匹練幅括之矣爾嵩曰此行歲月可書山中高寒瀟灑嶽麓如此則拜祝融而登峰造極者當復何似又安可不使世間塵滓人知之於是以屬不律使有記焉乙卯七月十八日